POÉSIES ROYALISTES

EN L'HONNEUR DES BOURBONS

ET DES MONARQUES ALLIÉS,

DÉDIÉES AVEC PERMISSION

A SA MAJESTÉ ALEXANDRE Ier,

EMPEREUR DE TOUTES LES RUSSIES.

Par un Gentilhomme du Midi de la France, ancien Officier dans la Garde du Roi, Membre des Académies de Nismes, Marseille, Montpellier, Rome et Turin; de la Société Royale des Sciences de Paris, etc., etc.

PREMIÈRE LIVRAISON.

A PARIS,

CHEZ PETIT, LIBRAIRE DE Mgr. LE DUC DE BERRY,
PALAIS-ROYAL, GALERIES DE BOIS, N°. 257.

1815.

POÉSIES ROYALISTES

EN L'HONNEUR DES BOURBONS

ET DES MONARQUES ALLIÉS.

POÉSIES ROYALISTES

EN L'HONNEUR DES BOURBONS

ET DES MONARQUES ALLIÉS,

DÉDIÉES A SA MAJESTÉ

L'EMPEREUR DE RUSSIE.

Par un Gentilhomme du Midi de la France, ancien Officier dans la Garde du Roi, Membre de plusieurs Académies.

> Ma muse ne m'apprit qu'à chanter la vertu,
> Qu'à surmonter les maux dont je suis combattu.
>
> DELILLE.

A PARIS,

CHEZ PETIT, LIBRAIRE DE MGR. LE DUC DE BERRY.

1815.

A SA MAJESTÉ

ALEXANDRE IER,

EMPEREUR DE TOUTES LES RUSSIES,

ROI DE POLOGNE.

SIRE,

A l'époque mémorable où votre Majesté honora, pour la première fois, Paris de sa présence, Elle daigna me faire autoriser à lui offrir ce faible hommage de ma respectueuse et profonde admiration.

Illustre appui de la vertu opprimée, et généreux libérateur des Français, ah! Sire, on n'en peut douter, la postérité la plus reculée proclamera les immenses bienfaits, les merveilles de votre règne, la grandeur, l'élévation de votre ame, et bénira, comme nous, le nom de Votre Majesté.

Souverain magnanime! idole de notre âge,
Et déjà possesseur de l'immortalité!
Votre auguste portrait décore cet ouvrage :
Mon cœur me l'inspira; mais il n'est point flatté.
Quand j'osai le tracer, Sire, je fis usage
Du fidèle crayon que tient la Vérité,
Cette fille du Ciel dont Votre Majesté
Fait respecter les lois et chérir le langage.

Je suis avec le plus profond respect,

SIRE,

De Votre Majesté

Le très-humble, très-soumis
et très-obligé serviteur,

du Rouve de Savi.

Paris, le 12 septembre 1815.

AVANT-PROPOS.

C'EST dans les longues journées de l'émigration, et depuis son retour en France, que l'auteur a composé les Poésies Royalistes qui forment ce recueil. Il cède aux vœux de ses amis et à l'impulsion de son cœur en publiant des opuscules évidemment inspirés par la reconnaissance et l'admiration; heureux s'il entend prononcer par des lecteurs indulgens cette maxime du Virgile français :

» Un mot seul vaut un long poëme,
» Quand c'est le cœur qui l'a dicté. »

On n'a pas jugé nécessaire d'observer les dates et la hiérarchie de pouvoirs dans la distribution de ce volume, où l'on trouvera près du portrait des MONARQUES celui de leurs grands Capitaines, et des vers à la louange de quelques hommes célèbres par leurs écrits et leur fidélité (*).

(*) MM. Delille, de Lally-Tolendal et de Chateaubriand.

Retenu pendant plusieurs mois sur un lit de douleur (*), et privé tout-à-la-fois d'émulation et d'espérance, l'Auteur est bien justifié du long retard involontaire qu'a éprouvé cette publication (**).

Son Poëme sur les malheurs et les crimes de l'anarchie fut imprimé en 1792 avec la Traduction anglaise de Milord Macdonald, et parut à Londres sous les flatteurs auspices de S. A. S. Monseigneur le Prince de Condé. Le *Monthly-Review* lui consacra dans le temps un excellent article renvoyé, comme la plupart des notes, à la fin de ce volume, où plusieurs fragmens du Poëme en question doivent être cités.

(*) Par une chute de son cheval au retour du Service funèbre célébré dans l'église de Vincennes, le 18 mai 1814, pour Mgr. le Duc d'Enghien.

(**) Elle fut annoncée au mois d'avril 1814, et bientôt encouragée par un grand nombre de nobles souscripteurs. — Du reste, quoique ruiné par la vente nationale de ses propriétés, l'auteur a constamment vécu indépendant et désintéressé. S'il adopta dans cette circonstance le mode anglais de souscription, ce fut uniquement pour assurer à son ouvrage des lecteurs dont il connût la loyauté.

L'auteur, par un heureux hasard, fut le premier Français fidèle qui, dans la matinée du 31 mars, arbora la cocarde blanche et donna l'éveil dans la capitale au cri touchant et bientôt unanime de *vivent les Bourbons! vive Louis XVIII!* Il avait l'honneur d'accompagner le général comte de Witt, jeune seigneur polonais au service de la Russie, qui, avec ses aides-de-camp et sa suite, parcourut divers quartiers de la ville avant l'entrée triomphante de nos augustes libérateurs. L'étonnement et la joie spontanée étaient peints sur le visage des Parisiens. Plusieurs d'entr'eux, trompés par les traits distingués, les manières nobles et les nombreuses décorations du général de Witt, se pressaient autour des chevaux en s'écriant avec transport : « Ah! Messieurs, est-ce » bien un de nos Princes? Peut-être le duc d'An- » goulême? Est-ce enfin un des Bourbons? » .... Et la même réponse était faite à toutes leurs questions : « Mes amis, nous les verrons bientôt. Cet

» illustre étranger est un de ceux qui nous les
» ramènent. Le Ciel a veillé sur eux ; il a pris pitié
» des Français. Allez tous à la rencontre des magna-
» nimes Souverains, et répétez mille fois *vivent les*
» *sauveurs de la France ! vive Alexandre ! vive*
» *le Roi !* »

QUATRAIN

COMPOSÉ EN ALLEMAGNE, L'ANNÉE 1802,

ET PLACÉ AU BAS DU PORTRAIT

DE SA MAJESTÉ ALEXANDRE Ier,

L'aurore de son règne annonce un cœur sublime;
Ami de la justice et le fléau du crime,
Ce prince des vertus sera le protecteur,
Et de Pierre-le-Grand l'illustre imitateur.

La journée à jamais mémorable du 31 mars a pleinement vérifié l'heureuse prédiction renfermée dans le quatrain qu'on vient de lire, et qui fut mis sous le portrait du jeune Empereur, bientôt après son avénement au trône. Une note historique de quelque étendue lui sera consacrée à la fin de ce volume, dont l'auteur, sujet fidèle, a mérité d'être, auprès des sauveurs de la France, le fidèle interprète des Français reconnaissans. La pièce de vers qui lui sert d'introduction est un exposé franc et loyal de ses principes, une sorte de profession de foi en matières politiques, et prouve un ami constant de sa patrie et de son Roi. Il y fait allusion au premier essai de sa muse, à son Poëme en deux chants sur la révolution.

POÉSIES ROYALISTES

EN L'HONNEUR DES BOURBONS

ET DES MONARQUES ALLIÉS.

« Cultivez les arts enchanteurs;
» Ils calmeront les maux où le Ciel vous condamne;
» Ils mêleront quelque charme à vos pleurs. »

(DELILLE.)

QUAND ma Muse, empruntant les plus sombres couleurs,
A tracé le tableau de nos affreux malheurs (*),
D'un nuage sanglant la France était couverte,
Et loin de mes amis, aux noirs chagrins ouverte,
Mon ame partageait les royales douleurs.

Déjà les factions rivales
S'arrachaient tour-à-tour le sceptre et l'encensoir;
Et ma triste patrie, esclave, sans espoir,
Gémissait sous le joug des modernes Vandales:
Chaque jour ajoutait à leur férocité;
Et chaque jour, aussi, dans mon cœur irrité
Je sentais redoubler la soif de la vengeance.
Mais au comble de la souffrance,
Errant chez l'étranger, proscrit, déshérité,
Mes vœux pour mon pays croissaient dans le silence;
Je désirais le voir abjurer sa licence,
Son horrible incrédulité,
Et faire succéder à tant d'extravagance,
Au règne de la honte et de l'iniquité,
Le règne de l'honneur et de l'humanité,
Des Bourbons l'auguste puissance,
Le respect et l'amour de la Divinité.

QUATRAIN

POUR METTRE AU BAS DU PORTRAIT

DE SA MAJESTÉ LOUIS XVIII.

Ses sublimes vertus, sa profonde science,
Et dans l'adversité sa constance, sa foi,
Le rendraient digne d'être Roi,
S'il ne l'était déjà par le droit de naissance.

A SON ALTESSE ROYALE

MONSIEUR, COMTE D'ARTOIS,

Au moment de son entrée à Paris, le 12 *d'avril* 1814 (*).

Prince aimable et sensible, ô généreux Bourbon !
Qu'accompagne la paix, qui nous rend l'espérance,
Lorsque ton cœur répond aux transports de la France,
Chacun pense revoir le héros de ton nom.
Par tes traits, par ton air s'accroît la ressemblance,
Grand Prince ! et l'on t'accueille en fils de la maison.

QUATRAIN

POUR METTRE AU BAS DU PORTRAIT

DE SON ALTESSE ROYALE

MADAME, DUCHESSE D'ANGOULÊME.

Quels touchans souvenirs et quels augustes traits
Rappelle à notre cœur cette heureuse peinture !
Mais les plus beaux présens que lui fit la nature,
Ses vertus ! quel pinceau nous les rendra jamais ?

AU CHEVALIER DE SAVI,

ANCIEN OFFICIER AU RÉGIMENT DE BEAUJOLAIS,

Sur la mort du comte de Blangis, tué dans l'armée royale pendant le siége de Maëstricht.

Comme toi d'un ami je déplore la perte.
Mais, hélas ! dans mon sein j'enferme mes regrets.
Depuis long-temps mon ame, à la douleur ouverte,
Sans murmurer, du ciel se soumet aux décrets.
Sur quels faibles appuis notre bonheur se fonde !
Ah ! n'importunons pas le destin par nos cris;
Dieu créa l'amitié pour embellir ce monde;
Pour nous en détacher il reprend nos amis !

NOTE.

Il est sans doute fâcheux, mais non pas étonnant, qu'on puisse apercevoir quelques légers disparates dans la partie matérielle de cette édition long-temps suspendue par le malheur des circonstances et par des malheurs personnels à l'auteur. — Dans cet intervalle, deux hommes célèbres, trop faiblement loués pages 17 et 21 de ce recueil, le comte de Lally-Tolendal et le vicomte de Chateaubriand, ont reçu leur juste récompense du plus juste des Rois, qui les a créés Pairs de France. On a vu aussi les magnanimes Souverains à qui l'Europe devra le bonheur, mettre le comble à tous leurs titres de gloire ; et la Renommée proclame encore les nouveaux triomphes du héros britannique Arthur Wellesley, duc de Wellington, Ciudad-Rodrigo et Vittoria, feld-maréchal, général en chef de l'armée anglaise, prince de Waterloo, etc., etc. — La page 25, imprimée il y a plusieurs mois, contient l'éloge de cet illustre guerrier, alors ambassadeur du Roi d'Angleterre près de S. M. Louis XVIII.

*

Les médaillons gravés de la Famille Royale et des Monarques Alliés devaient orner ce volume qui leur est consacré; mais le manque total de ressemblance oblige, pour le moment, l'auteur à y renoncer.

QUATRAIN

POUR METTRE AU BAS DU PORTRAIT

DE SON ALTESSE ROYALE

MONSEIGNEUR LE DUC DE BERRY,

Colonel général des Chasseurs et des Chevau-Légers Lanciers.

De Henri, de Louis (*) auguste rejeton,
Tout lui promet aussi d'illustres destinées :
Les vertus dans son cœur devancent les années,
Comme on le voit toujours dans l'ame d'un Bourbon.

*

A M. L'ABBÉ SICARD,

Directeur en chef de l'Institut des Sourds-Muets, membre de l'Académie Française, décoré de plusieurs Ordres;

En lui offrant mon Essai de Traduction d'un choix des Odes d'Horace.

Vous qui joignez aux nobles sentimens
Le goût exquis, les grâces du langage,
Illustre Abbé, dont le flatteur suffrage,
Dont l'amitié m'a consolé long-tems
De l'injustice et des nombreux tourmens
Qui tour-à-tour furent notre partage,
Avec bonté recevez mon ouvrage;
Et pour l'auteur, toujours plus indulgent,
Souvenez-vous qu'à défaut de talent,
C'est un cœur pur qui vous en fait l'hommage.

VERS (*)

AUX HABITANS DE LA SUISSE.

Peuple fortuné, qui du vice
Sut constamment se garantir ;
Qui, sans orgueil, sans artifice,
Vit à l'abri du repentir,
Helvétiens ! ô que j'envie
Votre douce tranquillité !
Les faux plaisirs, la vanité,
L'égoïsme, la perfidie,
Les haines, la duplicité,
Les poisons de la calomnie,
Ces maux de la société
Ne troublent jamais votre vie !

Heureux qui, comme vous, peut sillonner ses champs
Avec les bœufs qu'il a nourris lui-même ;
Qui se voit entouré d'une épouse qu'il aime,
De ses robustes fils et de ses vieux parens !
Sans ambition, sans contrainte
Religieux et bienfaisant,
Soumis aux lois, il vit content;
Et, sans remords, il meurt sans crainte.

QUATRAIN

POUR METTRE AU BAS DU PORTRAIT

DE SA MAJESTÉ FRANÇOIS Ier,

EMPEREUR D'AUTRICHE,

ROI DE HONGRIE ET DE BOHÊME.

Magnanime héritier des illustres Césars,
Son cœur en a gardé l'auguste caractère.
Aux drapeaux d'Alexandre il joint ses étendards,
Et l'Europe en ce jour l'admire et le révère (*).

LE LION DEVENU VIEUX.

APOLOGUE.

Le sot et le méchant oppriment la faiblesse,
L'être puissant est le seul respecté.
Un lion qui dans sa jeunesse
S'était vu constamment flatté,
Perdit enfin la force au temps de sa vieillesse;
Et dès ce jour n'étant plus redouté,
Par l'âne même il se vit insulté.
Ainsi, dans le siècle où nous sommes,
Voyons-nous, hélas! tour-à-tour,
Et les plus grands et les meilleurs des hommes
Par des baudets insultés chaque jour!

QUATRAIN (*)

POUR METTRE AU BAS DU PORTRAIT

DE SON ALTESSE ROYALE

LE PRINCE RÉGENT D'ANGLETERRE.

On ne peut méconnaître, à cet air de grandeur,
Le front où doit un jour briller le diadême,
Et la Nature sage a gravé dans son cœur
Les royales vertus dignes du rang suprême.

QUATRAIN (*)

POUR METTRE AU BAS DU PORTRAIT

DE SON EXCELLENCE

L'AMIRAL VICOMTE NELSON,

L'ANNÉE 1801.

Héros déjà fameux au printemps de son âge,
Et l'Europe et l'Afrique admirent ses exploits.
Ses talens, ses vertus égalent son courage,
Et le bras qui lui reste est le soutien des Rois.

AU COMTE DE LALLY-TOLENDAL,

Après avoir lu son éloquent ouvrage pour la défense des émigrés.

A la gloire du Prince, au bien de la Patrie,
Qui plus que toi consacra ses talens?
Avec quelle mâle énergie,
Fidèle appui de notre monarchie,
Tu combattis les modernes Titans,
Leur fol orgueil, leur aveugle furie!
Inutiles efforts! une secte ennemie (*)
A rompu tous les nœuds, confondu tous les rangs,
Du trône et de l'autel sapé les fondemens,
Et versé sur la France une longue infamie!

(*) Les Jacobins.

Tu n'as pu détourner la source de nos pleurs,
Et tu viens dans l'exil partager nos malheurs.
Lorsque la noire calomnie
Nous peint des plus fausses couleurs;
Quand dépouillés, proscrits par l'audace impunie,
Et de nos souvenirs aigrissant nos douleurs,
Nous traînons à regret le fardeau de la vie,
Toi seul ranimes notre cœur
Par ta noble éloquence et ton brillant génie,
Qui servirent toujours l'innocence et l'honneur;
Notre infortune est enfin adoucie,
Et l'Europe applaudit à notre défenseur.

QUATRAIN

POUR LE PORTRAIT

DE S. M. FRÉDÉRIC-GUILLAUME,

ROI DE PRUSSE.

SOUVERAIN magnanime, et généreux vainqueur,
C'est Frédéric-le-Grand qu'il choisit pour modèle.
Rien ne manque à sa gloire ainsi qu'à son bonheur,
Le moderne Alexandre est son ami fidèle !

VERS SUR LA MORT

DU LIEUTENANT-COLONEL DE BOSVILLE,

Tué en 1793, au combat de Lincelles, sous les ordres du Duc d'Yorck.

C'EN est donc fait, ami trop malheureux!
Quoi! déjà ta course est finie!
Tu meurs au printemps de ta vie,
Quand l'amour couronnant tes vœux,
D'un tendre hymen pour toi vient d'allumer les feux;
Mais tu meurs pour ton Roi, tu meurs pour ta patrie,
Est-il un sort plus glorieux!
Ah! je te pleure et je te porte envie.
Ton nom si cher ne peut être oublié:
Il est écrit au temple de mémoire.
Tu vécus assez pour ta gloire,
Mais pas assez pour l'amitié!

VERS

A M. DE CHATEAUBRIAND,

SUR LA PREMIÈRE ÉDITION (*)

DE SON GÉNIE DU CHRISTIANISME.

Je relis chaque jour ton immortel ouvrage;
Et de l'auteur ingénieux
J'admire le noble courage:
Toi seul, dans ces temps odieux
Et d'athéisme et de ravage,
Sublime interprète des cieux,
Nous parles leur divin langage;
Et vers la foi de ses aïeux
Ramènes le Français volage!

(*) Cet ouvrage a déjà eu en France un grand nombre d'éditions, et a été traduit dans plusieurs langues.

Qu'il est beau de te voir au printemps de ton âge
Savant profond, mais fidèle et pieux,
Conserver dans l'exil les pensers du vrai sage,
Et cet espoir religieux,
Aujourd'hui ton seul héritage!

D'un frivole lecteur, ami du merveilleux,
Tu n'as point négligé de fixer le suffrage;
Et d'Atala ton épisode heureux,
Est le vase emmiellé dont l'utile breuvage
Guérit le cœur de l'athée orgueilleux!

QUATRAIN

POUR METTRE AU BAS DU PORTRAIT

DE SON ALTESSE ROYALE

MONSEIGNEUR LE DUC D'ANGOULÊME.

EPOUX d'une Princesse à la France si chère,
Et digne rejeton de Henri, de Louis!
Ce Prince joint l'esprit, les grâces de son père
Aux vertus du bon Roi qui l'adopta pour fils.

AU MARQUIS DE SINETY,

Ancien Major de Royal-Navarre, cavalerie, Président de l'Académie royale des Sciences et Belles-Lettres de Marseille, Associé correspondant de celle de Montpellier.

ENFANT chéri de Mars et d'Apollon !
Par une faveur singulière,
Vous suivez des combats l'honorable carrière,
Et vous cueillez des fleurs dans le sacré vallon.
Quand de l'honneur se r'ouvre la barrière,
Qu'il est beau de vous voir, dans l'âge du repos,
Déployer encor vos drapeaux,
Instruire, commander une élite guerrière !
Vous faites manœuvrer un brillant escadron,
Vous exercez un nouveau bataillon
Sur tous les points de la tactique,
Comme vous composez le *budget* d'un canton,
Un plan d'agronomie, une aimable chanson,
Ou quelque éloge académique.

QUATRAIN

POUR LE PORTRAIT DU FELD-MARÉCHAL

DUC DE WELLINGTON,

Géneral en chef des armées Anglo-Espagnoles, Ambassadeur de la Grande-Bretagne près de sa Majesté Très Chrétienne Louis XVIII.

PAR de brillants exploits, et d'insignes bienfaits,
Ce héros s'est acquis tous les genres de gloire !
Dans les siècles futurs, en lisant son histoire,
On dira : Wellington est le Turenne anglais!

AU CHEVALIER DE S***.,

Qui, à une époque où j'etais mourant, m'invitait à quitter de nouveau la France et à demander comme lui du service dans l'étranger.

POURQUOI veux-tu que j'importune
Quelques amis encor puissants?
J'ai perdu mes faibles talents,
Ma santé, presque ma fortune,
Et je suis vieux à quarante ans;
Je n'ai pas même l'espérance
De survivre à tant de chagrins:
La mort vers moi déjà s'avance,
Et j'en ai des signes certains.
Mais, du malheur dernier asile,
Je contemple d'un œil tranquille
La tombe ouverte sous mes pas:
Mon sacrifice est bien facile,
Quand rien ne m'attache ici-bas.

Si de ma cruelle existence
Le ciel veut prolonger le cours,
A jouir d'une honnête aisance
Mes vœux se borneront toujours.
Je n'ai pas connu l'opulence,
L'ambition, ni les refus;
Je désire l'indépendance,
Le nécessaire, et rien de plus.
Amis des arts et des vertus,
Vivons sans remords et sans gêne,
Loin des palais de Lucullus,
Et du tonneau de Diogène.

QUATRAIN

POUR METTRE AU BAS DU PORTRAIT

DE M. DELILLE,

L'UN DES QUARANTE DE L'ACADÉMIE FRANÇAISE.

Du chantre d'Albion, du cigne d'Ausonie
Delille est à la fois l'émule et le rival ;
Ses écrits immortels ont le sceau du génie,
Et même en traduisant il est original.

PIÈCE DE VERS

SUR LE MEURTRE DE LOUIS XVI,

COMPOSÉE DANS L'ÉTRANGER

A LA NOUVELLE DE L'HORRIBLE CATASTROPHE;

AVEC UNE TRADUCTION ANGLAISE,

PAR MILORD MACDONALD.

AVANT-PROPOS.

Celui qui meurt en grand homme a vécu en grand homme, quels qu'aient été ses destins et sa renommée.

(Pensées Morales, *d'Young*).

Eh ! vit-on jamais plus de résignation, plus de constance, plus de fermeté que dans cet illustre Martyr, ce trop malheureux Prince, objet éternel d'admiration et de regrets !... Ah ! l'histoire du monde ne fournit pas d'exemple d'un si rare courage dans de telles calamités !

Ce fut pour nous un spectacle bien touchant de voir les nations Étrangères, donner des pleurs à l'auguste victime des féroces républicains; et je dois le dire, c'est surtout la grande Bretagne qui, dans cette occurrence mémorable fit preuve de sa loyale sensibilité. Plût à Dieu que tout sujet ingrat, que tout esprit innovateur eût vu les scènes attendrissantes dont à cette époque le hasard me fit le témoin! Oui, les modernes Brutus auraient rougi de leurs complots perfides, et renoncé peut-être à de nouveaux forfaits. Pour moi, le désespoir dans l'ame, je repris mes sombres pinceaux et traçai, d'une main tremblante, ce faible monument de mon éternelle douleur:

From other ills, however fortune frown'd,
Some refuge in the muse's art i found;
Reluctant now i touch the trembling string!

(Tickell).

ENVOI A MILADY PAYNE

DES VERS SUIVANS

SUR LE MEURTRE DE LOUIS XVI.

LE 30 JANVIER 1793.

Vous qui joignez à l'art de plaire
Les plus beaux sentimens du cœur;
Vous qui d'une cour étrangère
Pleurez aussi l'affreux malheur,
Daignez de mon ame attendrie
Voir le tribut avec bonté;
Il n'est pas l'œuvre du génie,
Le désespoir me l'a dicté!

PIÈCE DE VERS

SUR LE MEURTRE DE LOUIS XVI.

Cui pudor, et justitiæ soror,
Incorrupta fides, nudaque veritas
Quando ullum invenient parem?
(HORACE, Ode XX.)

IL n'est plus, c'en est fait! d'infâmes factieux,
Des brigands impunis, dans leur rage effrénée
L'ont consommé ce régicide affreux
Qui couvre d'un long deuil la France consternée!

Dieu! quelle étrange destinée
Pour un Prince si vertueux!
Quel tableau déchirant!... Famille infortunée,
Ah! votre illustre chef est le moins malheureux;

Martyr de la foi de ses pères,
La palme a couronné ses royales douleurs.
Mais quel terme est promis à vos larmes amères!
Quel sera celui de nos pleurs!

Attentat inoui!.. forfait épouvantable!..
Tigres désaltérés dans le sang innocent,
L'avez-vous pu dicter cet arrêt effroyable,
D'infâmes trahisons horrible monument?

Quels funestes complots, ambition fatale,
Orgueil de dominer, ta fureur nous étale!
Insolens destructeurs de nos antiques lois,
Des autels du Très-Haut et du trône des Rois;
Ennemis déclarés du pouvoir légitime,
Et soldats trop fameux sous l'étendard du crime;
Vous ne jouirez pas du fruit de vos succès,
De ces lâches succès dont frémit la nature!
Les sicaires cruels qui servent vos projets,
Pressés par le remords, leur première torture,
Dans votre sang impur laveront vos forfaits.

D'une secte perfide (*) interprètes sinistres,
Lorsque de l'Eternel vous frappez les ministres,
Ces pontifes sacrés dont les augustes mains
Elèvent jusqu'aux Cieux l'hommage des humains,
Quand vous leur proposez l'opprobre ou la misère,
Pensez-vous avilir leur divin caractère?
Osez-vous espérer qu'un ordre rigoureux
Entre ces deux écueils rende leur choix douteux?...
Traîtres! dans tous les cœurs la foi n'est pas éteinte:
Le Chrétien résigné ne connaît point la crainte.
Votre haine, fertile en détours si divers,
A leur constance en vain mesure les revers;
Ces fidèles pasteurs qu'une loi sanguinaire
Enlève à leur bercail, arrache au sanctuaire,
A l'aspect de la mort tranquilles et soumis,
Braveront les efforts de leurs vils ennemis,
Des monstres odieux dont l'aveugle furie
Forme un vaste désert de ma triste patrie,
Et qui de la discorde allumant les flambeaux,
A l'honneur, aux vertus ont creusé des tombeaux.

(*) Les Jacobins.

Tribunal monstrueux (*), sacrilége et rebelle!
Sur ton nom est empreinte une honte éternelle,
Enfans dénaturés d'un père plein d'amour,
De ses bontés pour vous quel indigne retour!
Tyrans républicains d'exécrable mémoire,
Le parricide seul manquait à votre histoire!

Monarque généreux, hélas! et trop clément;
Mânes chers et sacrés! souvenir déchirant,
Oui, vous aurez toujours notre premier hommage;
Notre admiration s'accroîtra d'âge en âge:
Tes fidèles sujets, ô mon maître! ô mon Roi!
Par-delà le tombeau te garderont leur foi.
Au récit des vertus dont brilla ta carrière,
Et des sublimes traits de ton heure dernière,
Les siècles à venir, partageant nos regrets,
Diront: « Le juste Ciel a puni les Français! »

La mort de Louis XVI offre un de ces grands spectacles qu'on ne contemple jamais sans admiration : la vertu aux prises avec l'adversité, un courage plus fort que l'infortune, une résignation que l'homme ne trouve pas dans sa nature et qu'il doit attendre d'ailleurs, une patience enfin toute céleste que la barbarie est étonnée de ne pouvoir lasser !

Pendant le procès du Roi chaque jour abreuvait sa famille d'une nouvelle amertume; il sortit deux fois avant la dernière; et la Reine, retenue captive, ne pouvant parvenir à savoir ni la disposition des esprits, ni celle de l'assemblée, lui dit deux fois adieu dans les angoisses de la mort... Enfin, le jour sans espérance arriva !... Celui que les liens du malheur lui rendaient encore plus cher; le protecteur, le garant de son sort et celui de ses enfans, l'intérêt tout puissant de son ame suspendue, cet homme dont le courage et la bonté semblaient avoir doublé de force et de charme à l'approche de la mort, dit à son épouse, à sa céleste sœur, à ses enfans, un éternel adieu. Cette malheureuse famille voulut s'attacher à ses pas; leurs cris furent entendus des voisins de leur demeure; et ce fut le père, l'époux infortuné qui se contraignit à les repousser, craignant d'expirer dans leurs bras, ne voulant pas d'une mort si douce, et se réservant pour le supplice dont sa constance devait faire la gloire de la religion et l'exemple de l'univers !

'Tis done, and now he's happy; the glad soul
Has not a wish uncrown'd ! » (Blair.)

Je voudrais pouvoir consigner ici tout ce qui a trait aux derniers momens de mon malheureux maître, de ce pieux monarque (comme l'observe un écrivain anglais), bon dans la prospérité et grand dans l'infortune ! « *Good in his prosperity, great in his misfortune !* » Sans doute il serait à souhaiter, pour l'honneur de l'humanité, qu'on pût détacher de l'histoire des hommes les feuillets qui contiennent cet infâme procès, et jeter un voile éternel sur les détails de cette catastrophe ; mais la voix inflexible de la tradition doit les porter à la postérité indignée, et cette horrible époque sera une tache sur l'espèce humaine, aussi long-tems qu'elle existera.

« La situation de la France est si affreuse et si effrayante » (disait le célèbre Burke en 1793), que si un peintre » voulait faire un tableau de l'enfer, il ne pourrait trou- » ver nulle part un modèle plus terrible. Milton, mal- » gré la force de son génie, aurait eu honte d'offrir à ses » lecteurs un *Pandæmonium* semblable à la France, et » ses démons sous les traits des jacobins actuels. — Celui-là » ment, qui dit que la guerre présente est un combat de la » liberté contre le despotisme : c'est la guerre de la rébel- » lion contre la loyauté, de l'infidélité contre la religion, » du vol contre la propriété, du meurtre contre l'humanité, » de la barbarie contre l'ordre social. »

C'est à la même époque, et peu de jours après la mort du Roi martyr, que l'évêque de Rochester s'exprimait ainsi dans un discours justement nommé le *Triomphe de l'éloquence mitrée :*

« A neighbouring nation, once great in learning, arts » and arms; now torn by contending factions! Her gover- » nement demolished! Her altars overthrown! Her first » born despoiled of their birth right! Her nobles degraded! » Her best citizens exiled! Her riches sacred and prophane, » given up to the pillage of sacrilege and rapine! Atheist » directing her councils! Desperadoes conducting her ar- » mies! Wars of unjust and chimerical ambition consuming » her youth! Her granaries exhausted! Her fields un culti- » vated! Famine threatening her multitudes! Her streets » swarming with assassins, filled with violence, deluged » with blood!

» Is the picture frightful? the misery extreme? the guilt » horrid? Alas! these things were but the prelude of the » tragedy. Public justice poisoned in its source! Profaned, » in the abuse of its most solemn forms, to the foulest pur- » poses! A Monarch deliberately murdered! A monarch, » whose only crime it was that he inherited a sceptre » the thirty-second of his illustrious stock, butchered on a » public scaffold, after the mochery of arraignment, trial, » sentence! Butchered without the merciful formalities of » the vilest malefactor's execution! The sad privilege of a » last farewel to the surrounding populace refused! Not the

» pause of a moment allowed for devotion! Honourable » interment denied to the corpse! The royal widow's an» guish embittered by the rigour of a close inprisonment! » with hope, indeed, at no great distance, of release. — Of » such release as hath been given to her lord! »

Ce beau passage, qu'on ne pourrait traduire sans l'affaiblir, sera sans doute admiré par ceux de mes lecteurs qui ont eu, comme moi, l'occasion d'apprendre la langue anglaise et d'apprécier cette nation rivale, mais si noble, si généreuse, et à laquelle notre cause a d'éternelles obligations. — C'est au lord Macdonald que je suis redevable de ce quatrain pour le portrait de Louis XVI, et de la traduction suivante de mes vers sur le meurtre du vertueux Roi.

Quatrain composé au mois de Janvier 1793 pour le portrait de Louis XVI.

« Sublime! prepar'd an earthly crown to scorn,
» In thy last hour above all Kingdoms borne!
» Ages, like us, shall bless thee, sacred King:
» And votive orisons with cypress bring! »

On the martyrdom of Louis XVI, by Milord Macdonald.

What subject can give sentence on a King?
(Shakespear.)

The deed is done ! great Bourbon martyr'd lies,
And crimes triumphant rend the Gallic skies.
Hell grieves to see her deepest crimes outdone,
And Europe from her centre heaves a groan.

O dreadful spectacle ! how hard his fate,
On whose meek brow the mildest virtues sate !
Ye hapless groupe ! mourn your illustrious sire ;
'Tis yours to weep his loss with tears of fire ;
While He, ascending from surrounding foes;
Receives the glory of his well-borne woes,
In bliss immortal ! — Ye, his royal line,
Are doom'd to insults, and in dungeons pine.
No prospect opens where your miseri ends;
But ceaseless as the tears of Gallia's friends.

O faithless People, execrable deed!
Ungrateful Nation! why should Louis bleed?
Do children watch their parent's tender part,
The moment of his love, to stab his heart?
When did your kings your welfare so advance,
As Louis, friend and father of his France?
Infernal crew! the deed completes your name,
And Jacobins are damn'd to endless shame!

. . . .

. . . .

O martyr saint! we consecrate the day;
And to thy sacred shade our homage pay.
Admiring ages shal thy virtues tell,
And sons ask sires with wonder why thou fell.
Thee as their guardian still thy subjects own,
And vow allegiance at thy heav'nly thone.
When future tongues your virtuous life display
And mark the conduct of your latest day,
Then wretched Gallia, humbled to the dust,
Age after age shall sigh, and own Heav'ns vengeance just.

FRAGMENS

D'UN POEME SUR LA RÉVOLUTION,

Publié à Londres par l'auteur des Poésies Royalistes, *l'année* 1792.

Que de tous nos malheurs l'épouvantable histoire
De quelques citoyens conserve au moins la gloire.
(TRAG. de Cromw., Act. III.)

De Henri, de Louis descendant vertueux,
O le meilleur des Rois et le plus malheureux!
Prince toujours l'idole et l'espoir de la France,
Hélas! où t'a conduit un excès de clémence!
Tu vois d'un même choc, Monarque infortuné,
Ton empire avec toi dans l'abîme entraîné;
Et tu viens d'éprouver, au printemps de ta vie,
Que de l'impunité naquit la perfidie.

O crime ! ô trahison ! des novateurs pervers,
Pour prix de tes bontés te préparent des fers;
Et ces usurpateurs de ton pouvoir suprême,
Dans leur vœu sacrilége et leur délire extrême,
Insolens infracteurs des lois de l'Eternel,
Renversent à-la-fois ton trône et son autel !

. . . .

. . . .

Eh ! voilà les mortels dont la foule séduite
Admire les décrets, exalte la conduite !
Ces esprits lumineux qui devaient désormais,
En éclairant le Prince, enrichir les sujets ! . . . .

. . . .

. . . .

Des parricides bras sont vendus à ces traîtres
Dont l'orgueil téméraire attente sur leurs maîtres;
Et par la trahison, la fourbe et les fureurs,
Chacun croit s'aplanir la route des grandeurs :
Le dernier citoyen, dans sa folie extrême,
En détrônant son Roi pense être Roi lui-même;
Et de la nation l'absurde majesté
S'annonce par l'excès de sa férocité !

Hélas! il est trop vrai, dans le sentier du vice
Toujours le premier pas conduit au précipice;
A ses détours trompeurs l'ambitieux livré,
Ne revoit plus sa route, une fois égaré:
L'erreur ouvre aux forfaits une source éternelle,
Et le crime commence où la vertu chancelle.
Qui balance un instant est bien près de faiblir,
Et qui trahit le Ciel n'a pu que nous trahir.

Sans doute, Dieu puissant, ta morale divine
Purifie et console un cœur qu'elle illumine;
Mais tes préceptes saints ne sauraient émouvoir
L'ingrat ambitieux rebelle à son devoir;
Désertant tes autels pour ceux de la fortune,
Il fuit la vérité dont l'éclat l'importune.
L'athée et l'apostat, dans leur impiété,
Voudraient anéantir le Dieu qu'ils ont quitté.

Quand l'airain frémissant au temple nous appelle,
Nos yeux cherchent en vain la pompe solennelle
Qui portait dans notre ame une sainte terreur
Et de l'objet du culte annonçait la grandeur!

. . . .

. . . .

O d'un empire illustre étrange destinée !
Est-ce un songe, une erreur? Patrie infortunée,
Quel fléau destructeur a ravagé ton sein?
De ce vaste univers l'arbitre souverain,
Ce Dieu trop méconnu, dans sa juste colère,
A-t-il de tant de maux affligé cette terre?
L'ange exterminateur, ministre de ses lois,
Vient-il anéantir les peuples et les rois?
Touchons-nous à ce jour de suprême justice
Où terrible au méchant, à l'innocent propice,
Ce Dieu doit accomplir ses décrets éternels
Et dévoiler enfin les complots criminels?
Ciel! quels tristes accens! quel effroi! quel ravage!
Malheureux! se peut-il, serait-ce votre ouvrage?
Mon œil baigné de pleurs commence à découvrir
Des secrets que je brûle et crains d'approfondir.
Le passé m'interdit et le présent m'accable;
Je lis dans l'avenir un sort épouvantable!

. . . .

. . . .

. . . .

. . . .

Hélas! de l'Eternel adorons les desseins,
Et ne l'accusons pas des fautes des humains.
Infâmes conjurés parés d'un nom sublime,
C'est vous qui sous nos pas avez creusé l'abîme;
C'est vous qui faites voir à ce Ciel irrité
Un prodige d'horreurs par vous seuls inventé! . . . .
Celui que le besoin provoque à l'homicide,
Dans son affreux projet est moins vil, moins perfide.
Oui, lorsqu'au fond d'un bois le farouche assassin
Me demande ma bourse un poignard à la main,
S'il menace mes jours il expose sa vie,
Et l'or que je lui jette assouvit sa furie;
Vous seuls joignant la rage à la cupidité,
Ravissez la fortune et la tranquillité.
Les Néron, les Sylla, les Tarquin, les Procuste,
Ne portaient pas un cœur plus cruel, plus injuste.
Tous ces fameux tyrans n'ont exigé jamais
Qu'on taxât de vertus leurs horribles forfaits.

. . . .

. . . .

L'auteur, dans les vers suivans, s'adresse à Louis XVI, et il en était temps encore.

L'indulgence toujours enhardit le méchant;
Le Pygmée impuni bientôt devient géant.
Dans un siècle pervers, sous le règne du vice,
La sûreté dépend d'une prompte justice....
Si tu l'avais voulu, tous ces audacieux,
O mon maître! en ce jour trembleraient à tes yeux.

Non, la vertu n'est point dans la froideur stoïque;
C'est une ame de feu qui seule est héroïque.
On n'est jamais vaincu que par timidité,
Et l'homme inébranlable est le seul respecté.
L'aspect du châtiment est le frein légitime
Qui peut épouvanter et prévenir le crime.

Ah! daigne encor souffrir, ô le meilleur des Rois!
Que tous les bons Français te parlent par ma voix:
Le Ciel m'en est témoin, jamais sujet fidèle
N'eut pour son Souverain plus d'amour, plus de zèle;

Et je serais heureux, si ma sincérité
Contre tes ennemis faisait ta sûreté.
Les ingrats! et c'est toi que leur fureur opprime,
Qu'ils ont juré de perdre! Eh! quel est donc ton crime?
Qu'as-tu donc fait? Enfin, pour quel forfait si grand
Te donnent-ils les noms de traître et de tyran?

Mais puisqu'un tel outrage est fait à ta puissance,
Arme-toi d'une ferme et prompte résistance;
Monarque exhérédé sans avoir combattu,
Rassemble les débris de ce trône abattu,
Et digne des héros de qui tu tiens la vie,
Venge à-la-fois mon Dieu, mon Prince et ma Patrie.
Que tous les conjurés, comme ils l'ont mérité,
Lavent dans leur vil sang leur infidélité:
Alors en punissant des sujets si coupables,
Tu signeras vraiment des décrets équitables.
Alors de ta rigueur le foudroyant éclat
Raffermira ta gloire et sauvera l'Etat.
. . . .
. . . .

Rarement au remords le méchant s'abandonne :
L'orgueilleux est ingrat, il hait qui lui pardonne.
Ni grâce ni pitié pour des vils scélérats (*);
Et préviens, ô mon Roi! de nouveaux attentats.

Protecteur des vertus, Dieu bienfaisant, Dieu juste!
Veille du haut des Cieux sur cette tête auguste!
Et de ses ennemis confondant les succès,
Rends un chef, rends un père aux vœux des bons Français.
Rien n'égale leur zèle; et tes sujets fidèles,
O mon maître! accablés de tes peines mortelles,
Dans leur cœur déchiré ressentent, chaque jour,
Pour toi, pour tous les tiens, s'accroître leur amour.
Ils sauront le prouver à l'Europe étonnée. . . . .
. . . .
. . . .

L'auteur retrace les crimes des premiers conspirateurs dans la nuit du 5 au 6 octobre.

De tous les attentats, ô le plus inoui! . . .
Nuit funeste! à jamais d'exécrable mémoire,
Tu vas des grands forfaits grossir l'horrible histoire;

Et des séditions cet exemple cruel (*)
Sera pour ma patrie un opprobre éternel!

. . . .

. . . .

Peuple si renommé, dont l'amour pour ses Rois
Egalait le respect, l'obéissance aux lois,
Est-ce toi qui, conduit par une aveugle rage,
Ministre de la mort, respirant le carnage,
Plus inhumain qu'un tigre et que tous les bourreaux,
Massacres de sang-froid, déchires par lambeaux
D'illustres chevaliers, des Français vénérables,
Qu'un infâme mensonge a publié coupables;
Qui frappes sans pitié de ton glaive fatal
Des mortels qui jamais ne t'ont fait aucun mal?
Un corps dont le seul crime est de rester fidèle
Au poste où son devoir, où son amour l'appelle;
Les gardes, en un mot, de ton Roi généreux?
Aussi bons citoyens que guerriers courageux.

Eh! qui n'éprouve, hélas! dans la perte commune,
Les tristes sentimens de sa propre infortune?

Qui de nous vers le Ciel n'élève pas ses cris
Pour les jours d'un époux, ou d'un père, ou d'un fils?
. . . .
. . . .
. . . .
. . . .

L'auteur s'adresse aux victimes de l'anarchie :

O venez épurer mes novices pinceaux
Et servir de lumière à mes sombres tableaux,
De la scélératesse innocentes victimes! (*)
Vous dignes, en effet, de vos travaux sublimes,
Des apôtres du Christ illustres successeurs,
Et des dogmes sacrés glorieux défenseurs;
Vous, fidèles pasteurs, vous, pieux cénobites,
De vos vertueux chefs courageux prosélytes!
Si mes talens, un jour, secondent mon désir,
Si je puis retracer ce que je sais sentir,
De ces momens affreux, mais d'éternelle gloire,
Je veux en traits de feu consacrer la mémoire,
Et décerner enfin (**) à la postérité
L'exemple du malheur et de la fermeté!

Hélas ! de tant de maux les atteintes cruelles
Laissaient donc place encore à des larmes nouvelles !
Où sommes-nous réduits ? O monstres ! ô douleur !
Chaque instant voit éclore une nouvelle horreur,
Et produit des forfaits dont l'ame intimidée
Jusqu'à ce jour affreux n'avait point eu d'idée.

. . . .
. . . .
. . . .
. . . .

Mortels salariés (*) pour faire exécuter
Les sanguinaires lois qu'ils osent décréter,
Ne rougissez-vous pas, dans le fond de vos ames,
D'être les instrumens des plus horribles trames ?
Ne vaudrait-il pas mieux, avides plébéiens,
Ramper au dernier rang des derniers citoyens,
Que d'ajouter au deuil de la France opprimée,
Et d'un encens trompeur rechercher la fumée ?
Ah ! des grands criminels repoussez les bienfaits,
Leur pouvoir, leurs trésors sont le prix des forfaits !

. . . .
. . . .

Mais le moment approche où ce peuple égaré,
Sur ses vrais intérêts à la fin éclairé,
Voyant dans les objets de son idolâtrie
Les ennemis du trône et ceux de la patrie,
La honte sur le front, le remords dans le cœur,
Contre ses vrais tyrans tournera sa fureur.
Oui, vous serez punis, sujets deux fois coupables,
Soldats séditieux, parjures exécrables,
Perfides courtisans, conspirateurs titrés,
Indignes à jamais du nom que vous portez!
Ce bras dont votre orgueil a bravé la puissance,
De votre souffle impur va délivrer la France.
Nains obscurs qu'éblouit une fausse grandeur,
Bientôt vous apprendrez qu'il est un Dieu vengeur.

. . . .

. . . .

Martyrs intéressans, dont la liste effrayante
Présente, chaque jour, quelque scène sanglante,
Citoyens vertueux si dignes de regrets!
Sans doute ces poteaux, ces horribles gibets,
Où finit de vos jours la trame précieuse,
Sont pour vous de l'honneur la route glorieuse,

Et l'estime et les pleurs de la postérité
Vont consacrer vos noms à l'immortalité !

. . . .

. . . .

Et vous qui ne devez qu'aux plus lâches cabales
Le méprisable éclat de vos grandeurs vénales,
Mercenaires appuis de ces mortels pervers
Qui voudraient renverser l'ordre de l'univers,
Fixez d'un front serein et d'une ame tranquille
Les prochaines horreurs d'une guerre civile.
Voyez d'un vaste Etat les enfans malheureux
Tour-à-tour s'accabler, se poignarder entr'eux;
Aveugles instrumens d'une secte ennemie,
Déchirant à l'envi le sein de leur patrie,
Bien plus par intérêt que par ressentiment!
Perfides! ajoutez à cet embrâsement (*)
Que fomente l'erreur, l'audace et l'imposture :
Soutenez, caressez de votre main impure
Un sénat qui détruit le signe des grandeurs,
Tandis qu'il se pavane à l'aspect des honneurs.
Cette ligue, en un mot, dont l'astuce cruelle,
Cachant l'ambition sous le masque du zèle,

Pour mieux nous asservir à ses horribles lois,
Surprend l'autorité du plus juste des Rois;
Et qui, par ses succès à nous perdre enhardie,
Au dernier des forfaits bornera sa furie.

. . . .
. . . .
. . . .
. . . .

Oui, braves compagnons, il nous reste l'espoir
De succomber, du moins, faisant notre devoir.
Marchons : le temps est cher et la plainte inutile;
Les fils du grand Henri n'ont pas même un asile,
Et le séjour du Roi n'offre de toutes parts
Qu'un donjon hérissé de piques et de dards,
Emblêmes trop certains de sa vaine puissance.
Mais pour mieux assurer notre juste vengeance,
Que le glaive étranger protège nos desseins:
De nos lis profanés relevons les destins;
Extirpons à l'envi la racine féconde
Des crimes de la France et des malheurs du Monde.
Sans doute en ce projet si grand, si glorieux,
Le bras qui nous seconde est français à nos yeux;

A l'univers en deuil qui nous voit, nous contemple,
Pour le salut des Rois il faut un grand exemple :
Il faut épouvanter les traîtres, les ingrats,
Qui pourraient méditer de pareils attentats.
Le sang de l'innocent nous demande justice,
Et qui pardonne au crime en devient le complice.

. . . .
. . . .
. . . .
. . . .

O vous, nobles guerriers, dont le cœur magnanime
Eprouva de tout temps le zèle qui m'anime,
Vous du trône français vengeurs si redoutés,
Hâtez-vous, déployez vos drapeaux respectés,
Et que ces factieux dont la chute s'apprête,
Apprennent qu'un Condé combat à notre tête :
Il est digne de lui de rétablir les droits
De l'encensoir, du sceptre et du glaive des lois.
Oui, Prince révéré! ton ame toute entière
Se doit aux grands objets d'une vaste carrière.
Un illustre Bourbon que l'on ose outrager,
S'il diffère ses coups, c'est pour mieux se venger.

N'écoute pas la voix d'un préjugé frivole;
Tu n'as plus de patrie alors qu'elle t'immole;
Des nœuds qu'on a rompus tu n'es plus enchaîné.
Qu'à fuir ses ennemis l'homme obscur soit borné,
Le héros les confond quand l'heure en est venue.

. . . .

Tels qu'aux remparts de Troie on peint les demi-dieux
Dirigeant les soldats qui combattaient près d'eux,
Prince, des bons Français l'amour et l'espérance,
Lorsque tu guideras leur superbe vaillance,
Sans doute tous les cœurs incapables d'effroi,
Verront dans ton exemple une immuable loi.
Le méchant craint la mort, le malheureux l'appelle,
Le brave la défie et marche au-devant d'elle.
Ces guerriers que la gloire a conduits sur tes pas,
Sans détourner les yeux fixeront le trépas.
De nos preux chevaliers tel est le caractère,
Le péril agrandit leur valeur ordinaire.
Du sein des voluptés ils volent aux hasards,
Tour-à-tour favoris de Vénus et de Mars.

QUATRAIN

PLACÉ AU BAS DU PORTRAIT

DE SON ALTESSE SÉRÉNISSIME

MONSEIGNEUR LE PRINCE DE CONDÉ,

L'ANNÉE 1792.

L'HÉROÏQUE grandeur, l'auguste bienfaisance
Respirent sur le front de ce Prince adoré.
Il fut toujours la gloire et l'appui de la France,
Craint de nos ennemis et partout révéré !

APOLOGUE.

A la cime d'un grand peuplier
Une fauvette inexpérimentée
Plaça son nid, et bientôt l'épervier
L'apercevant au loin, fondit sur sa couvée:
Au pied de l'arbre, une autre année,
Elle fit ses petits; mais, ô cruel destin!
Des reptiles impurs attaquèrent soudain
Ces tendres fruits du plus doux hyménée,
Qui ne vécurent qu'un matin.
Par son malheur l'oiseau rendu plus sage,
Au beau milieu de l'arbre et sous l'épais feuillage
Fut déposer ses œufs; et là, tranquille enfin,
Il goûta les douceurs du plus heureux ménage.

Celui qui sait jouir d'un modeste héritage,
Vit toujours paisible et content:
Du premier ni du dernier rang
Le bonheur n'est point le partage.

VERS

COMPOSÉS EN ALLEMAGNE

A la nouvelle du meurtre de Gustave III, Roi de Suède, assassiné par Ankerstroom le 26 mars 1792;

Avec la Traduction anglaise de Milord Macdonald.

« Multis ille bonis flebilis occidit. »
HORACE.

OUI, c'en est fait! la Parque inexorable
De la plus belle trame a terminé le cours:
Le grand Gustave, au printemps de ses jours,
Succombe sous les coups d'un complot exécrable!

Sa perte, hélas! brise nos cœurs,
Quand ce vaillant guerrier, ce Prince magnanime,
Donnait un exemple sublime
Aux Rois de qui le bras doit venger nos malheurs!

C'en est fait ! nos vœux et nos pleurs
N'ont pu te retenir sur le bord de l'abîme,
O de la loyauté trop illustre victime ! (*)
Ta mort manquait à nos douleurs.

On voit l'honneur héréditaire
Opprimé, poursuivi dans ce siècle d'horreurs;
Le parjure odieux jouir d'un sort prospère,
Le vice comblé de faveurs.

Celui qui trahit sa patrie
Et renverse à son gré les plus saintes des lois,
Sur la fortune acquiert des droits,
Le bonheur embellit le cercle de sa vie.

Aux plus coupables des mortels,
A des brigands, rebut de la nature entière,
On dresse aujourd'hui des autels,
Et le crime impuni lève une tête altière.

(*) Cet infortuné Monarque survécut pendant trois jours à la blessure que lui fit l'assassin en lui tirant à bout-portant un pistolet chargé de têtes de clous et de balles empoisonnées.

Sous des Titans sortis de la poussière
Tombent nos droits sacrés dont ils sont envieux;
Et leur rage proscrit cette auguste bannière,
L'amour, l'orgueil de nos braves aïeux.

Objet de nos larmes amères,
Ah! ne regrette pas le monde d'où tu sors;
Ce monde, affreux séjour de deuil et de misères,
Où les monstres sont les plus forts (*).

Sans doute sur les sombres bords,
Gustave! la vertu ne peut être étrangère,
Et la nuit du tombeau, qui couvre le vulgaire,
Respecte les illustres morts.

Daigne encor protéger nos armes,
Immortel possesseur de l'éternelle paix!
Notre gloire toujours aura pour toi des charmes:
Ton cœur ne s'éteindra jamais.

(*) L'infâme Ankerstroom, ci-devant enseigne dans les Gardes, avait obtenu de la clémence du Roi son pardon d'un crime capital. Voir dans les notes la relation de cet horrible attentat.

Les causes de l'assassinat du Roi de Suède ne sont pas une énigme ; ce Monarque qui, le premier, se déclara notre vengeur, est tombé sous les coups des novateurs régicides, et l'on ne peut voir dans Ankerstroom que le Séide des Jacobins. — C'est à la nouvelle de ce meurtre affreux, et le cœur navré de douleur, que j'écrivis les vers qu'on vient de lire et qui sont embellis par le talent du traducteur. Ils furent imprimés à Londres avec mon Poëme sur la révolution, et voici les expressions du *Monthly-Revew* en rendant compte de ce recueil :

« However romantic and exagerated those poems may appear to an english ear, they are evidently the result of an elevated mind and aking heart. Many of the author's relatives, and many of his friends, as well as his estates, have fallen the prey to the republican-Hydra. Let us not judge harshly then. Who, amongst us, bleeding from so fresh and merciless a wound, but would not execrate the hand that inflicted it. We are so constituted as to be relieved by the loud utterance of our feelings : like an electrical jar the mind filled with indignant thoughts seizes on the first conductor, and expels them with ruthless violence. »

Au reste, c'est en faveur de leur objet, je le sais, que mes ouvrages sont accueillis par ceux de mes lecteurs dont j'ambitionne le suffrage ; et sans doute je dois dire avec un poète anglais : « My verses are much better calculated to elicit the applause of a loyal heart, than to command the approbation of a critical judgement. » Quoi qu'il en soit, j'ai publié, je l'avoue, cet opuscule sans corrections, persuadé que le travail affaiblit et décolore les productions du sentiment :

« Grief unaffected suits but ill with art ;
» Or flowing numbers with a bleeding heart ! »

Tickell.

TRANSLATION

By Milord Macdonald, of the preceding elegiac verses, on the death of Gustavus King of Sweden, murdered by Ankerstroom.

» Kill men i'th'dark! where be these bloody thieves?
» Ho, murther! murther! . . .
SHAKESPEAR. Othello.

O Heaven, 'tis done! inexorable Fate
Of noblest life hath cut the finest thread:
Accursed treason stalks abroad in state,
And great Gustavus falls among the dead.

The valiant Monarch dies, ador'd; expires,
While nerv'd his arm to strike a mighty blow.
Bequeathing to surviving kings his fires;
To Kings avengers of the general woe.

Full is our grief ! th' illustrious victim dies,
By the foul stroke of treason's vilest slave;
Struck is the blow, and vain are tears and sighs,
To snatch the Hero from the untimely grave.

O age of horror ! some blind power now sways,
Enriching folly, and exalting crimes :
He, who his country, Prince, and God betrays,
Claims fortune's smile; is hero of the times !

Imps, black as hell; now rear their heads in day;
To nature's vilest rubbish altars flame;
The meanest reptiles shake their dust away;
And villainy's the surest road to fame !

O Prince ! (*) for whom our bitterest tears now flow,
Deign not to cast one lingering look on earth;
On earth, where wretches thrive, were vices grow,
Were monsters triumph o'er the throne of worth.

(*) That beloved Prince had visited France under the name of Count d'Aga.

Save to the vulgar, death no dread inspires :
  Haply from brighter realms, were virtue led,
Thy spirit mingling with thy noble Sires,
  And joys partaking of th' illustrious dead.

Haply from regions of eternal pence.
  Well pleas'd thy gentle spirit may look down,
Anticipate the day when war shall cease,
  And virtue, reinstated, claim her own.

And thou! dear offspring of a generous Sire!
  Our hopes shall turn to thec, to soothe our woe;
Oh! mayst thou catch thy Father's noble fire,
  For whom our tears in sacred sorrow flow!

QUATRAIN

POUR METTRE AU BAS DU PORTRAIT DE SON ALTESSE IMPÉRIALE L'ARCHIDUC CHARLES D'AUTRICHE.

L'EUROPE, qui l'admire encor,
A vu ce Prince illustre, au printemps de son âge,
D'Alcide déployer l'invincible courage,
Et la prudence de Nestor!

PIÈCE DE VERS

COMPOSÉE EN ALLEMAGNE

DANS LES DERNIERS JOURS DE MON ÉMIGRATION.

Je vais revoir ces lieux (*) si chers à mon enfance
Et toujours présens à mon cœur ;
Ces lieux où le Ciel protecteur
M'accorda, dans sa bienfaisance,
La douce paix, l'indépendance,
Et quatre lustres de bonheur.
Il m'est enfin permis, après douze ans d'absence,
De me livrer à cet espoir flatteur.
Je reverrai ma maisonnette,
Mes jardins et mes prés fleuris :
J'embrasserai mes compagnons chéris,
Et le vieux laboureur qui porte une ame honnête.

(*) Le Languedoc.

Mon Horace à la main, sous mes tilleuls assis,
J'entendrai mes agneaux folâtrer sur l'herbette,
Et j'oublîrai mes longs ennuis :
Heureux dans ma douce retraite,
J'aurai des jours sereins et de tranquilles nuits;
Du laitage et d'excellens fruits,
Et ma santé sera bientôt parfaite.
Mais quelle illusion ! . . . . malheureux que je suis !
Ai-je oublié mon horrible infortune ?
Déshérité, comme tous les proscrits,
N'ai-je pas tout perdu dans la perte commune ?
Si je puis pour quelques momens
Visiter sans danger mon ingrate (*) patrie,
A quels pénibles sentimens
Va s'ouvrir mon ame attendrie !
Quels souvenirs ! quels tableaux déchirans
Viendront empoisonner chaque instant de ma vie !
C'est là qu'ont vécu mes parens;
Là gémit dans le deuil une mère chérie,
Fidelle comme ses enfans,
Et victime, comme eux, d'une rage inouie !

Je verrai ces beaux lieux, autrefois mon séjour,
Morcelés, ravagés par les nouveaux vandales;
Tous mes biens envahis et livrés sans retour
A la cupidité des factions (*) rivales.
Dans le nombre de mes amis
J'en trouverai de bien coupables;
Hélas! et les plus estimables,
Par un cruel destin sont aussi poursuivis.
Le moins infortuné, je le répète encore,
Est celui dont la mort a fini les malheurs:
Martyr intéressant, notre siècle l'honore,
Et la postérité lui donnera des pleurs.

QUATRAIN

POUR METTRE AU BAS DU PORTRAIT

DE SON EXCELLENCE

LORD VICOMTE DE CASTLEREAGH.

Ce ministre admiré doit sa mâle éloquence
Aux nobles sentimens de son cœur vertueux ;
Toujours cher à l'honneur, à la reconnaissance,
Son nom sera béni de nos derniers neveux.

COUPLETS

Composés et chantés par l'auteur à un joyeux banquet, dans la mémorable journée du 3 mai, au retour de Saint-Ouen.

Air : *O Fontenay !*

Sèche tes pleurs, ô ma chère patrie !
Il luit enfin ce jour tant souhaité,
Cet heureux jour qui de la tyrannie
Brise à jamais le sceptre détesté !

On n'entend plus les clameurs effroyables
De l'anarchie et de l'impiété,
Ni les sanglots des vieillards déplorables
Qui survivaient à leur postérité.

Ils sont comblés, tous les vœux de la France;
Le lys, battu par un vent destructeur,
Après vingt ans de crainte et d'espérance,
Double aujourd'hui d'éclat et de fraîcheur.

La loyauté, la justice et la gloire
Vont occuper ce trône révéré :
De nos malheurs nous perdons la mémoire
En revoyant Louis-le-Désiré.

Quand les transports de la plus douce ivresse,
Heureux Français, éclatent dans nos cœurs,
Embellissons nos concerts d'allégresse
Du nom chéri de nos libérateurs.

Oui, qu'Alexandre et nos augustes Princes
Soient le refrain de toutes nos chansons;
Faisons redire aux échos des provinces :
Vivent le Roi ! la Paix et les Bourbons !

QUATRAIN

PLACÉ AU BAS DU PORTRAIT

DE SON EXCELLENCE

LE GÉNÉRAL BARON DE SACKEN,

ALORS GOUVERNEUR DE PARIS.

Au champ d'honneur, pour la cause des Rois,
Ce guerrier s'illustra par sa noble vaillance (*);
Aujourd'hui, dans nos murs, son active prudence
Double l'éclat de ses brillans exploits.

APOLOGUE.

UN ver-luisant reposait dans un coin
A l'abri des regards du monde,
Lorsqu'un vilain crapaud, l'apercevant au loin,
Accourt, et de venin aussitôt il l'inonde.
— « Mais que t'ai-je donc fait? ô crapaud malfaisant!
» Pourquoi viens-tu troubler ma retraite profonde,
» Et me lancer ainsi ton venin dégoûtant? »
— « Ah! je te hais, répart cet animal immonde,
» Parce que ton corps est luisant. »
Telle à l'horrible aspect on voit la noire envie
Poursuivre la beauté, les vertus et l'esprit,
De Socrate abréger la vie,
Et verser son poison sur tout ce qui reluit.

VERS

Composés à Vincennes pendant le Service funèbre célébré dans l'Eglise de cette ville, le 18 mai 1814, pour Monseigneur le Duc d'Enghien.

Toi dont le nom illustre et si cher à la France
Te rendit criminel aux yeux d'un vil tyran
Jaloux de ta noble vaillance;
Toi, qui peut-être en cet instant
Du Ciel implores la clémence
Pour les bourreaux abreuvés de ton sang,
Malheureux Prince! au printemps de ta vie
La plus affreuse perfidie
Trancha tes jours déjà comblés d'honneur!
Mais, héritier de l'éternel bonheur,
Ah! combien ton ame attendrie
Jouit, lorsque la France abjurant son erreur,
Relève de nos Lys l'antique Monarchie(*),

Et quand ce peuple ému, les regrets dans le cœur,
Verse des pleurs sur ta cendre chérie,
A l'auguste cérémonie
Qui d'un père éperdu redouble la douleur.
Hélas! nouveau martyr d'une rage inouie,
Ton sort fut d'éprouver l'effroyable malheur
Du vertueux Louis, de sa céleste Sœur;
Et comme Elisabeth, cette vierge accomplie,
Des Bourbons et de la Patrie,
O d'Enghien! tu seras le constant protecteur.

www.ingramcontent.com/pod-product-compliance
Ingram Content Group UK Ltd.
Pitfield, Milton Keynes, MK11 3LW, UK
UKHW021113260726
13994UKWH00002B/874